LES SOUHAITS
ACCOMPLIS.

paſſer, M. le Préſident, une des Requêtes, les autres ſont ſemblables. Ces pièces, vous le ſentirez comme moi, Monſieur, n'ont beſoin ni de commentaire ni d'éloge : heureuſe la Nation défendue par de tels Citoyens ! »

Je ſuis avec reſpect,

MONSIEUR LE PRÉSIDENT,

Votre très-humble & très-obéïſſant
ſerviteur,

CAMBEFORT.

A Monſieur le baron DE CAMBEFORT,
Colonel du Régiment du Cap.

MONSIEUR,

« LES Bas-Officiers, Caporaux & Fuſiliers de la Compagnie *de Poitou*, réunie en corps, pénétrés d'amour & de reconnoiſſance pour leur Patrie, ayant réfléchis ſur les beſoins preſſants que produiſent les circonſtances actuelles, ont réſolu de lui prouver [ſous votre bon plaiſir] leur zèle & leur dévouement ; ils vous ſupplient donc tous, M. le Baron, de vouloir bien, ayant égard à leurs déſirs, autoriſer M. le Quartier-Maître-Tréſorier à faire, ſur ce décompte, la retenue de quatre eſcalins par Fuſilier, ſix eſcalins par Caporal, & huit eſcalins par Bas-Officier, pour, le produit de cette retenue, être remis à la diſpoſition de l'Aſſemblée pour les beſoins de la Nation.

Ils eſpèrent de vous, M. le Baron, cette grâce,

qu'ils recevront comme la faveur la plus pré-
cieuse, & dont ils feront à jamais reconnoiffants.

Signés Strunzé, Gallot, Grandes, Annable,
Grimaux, le Comte, de Muffan, Redel, Lege,
Calliaux, Nicolas, Nonas, Migrant, Robert,
Rolin, Broc, Etienne Barbier, Mulot, Villierés,
Noel, Dubois, E. Pierot, Guiard, Pierot, Cor-
mos, Gauthier, Delfale, Malard ».

Braves Soldats du Régiment du Cap, que vous
devenez chaque jour chers à la Province à la-
quelle vous êtes attachés ! Recevez les hommages
que la vertu & le patriotifme ont droit d'attendre. L'ufage des couronnes civiques eft dé-
truit, fans cela on verroit vos têtes ombragées
de chêne & de lauriers ; mais fi le figne extérieur
ne vous diftingue pas, quand vous voudrez ré-
clamer ces hommages, nommez-vous, dites :
Je fuis Soldat du Régiment du Cap. Heureux Chef,
heureux Officiers, compagnons de tels hommes,
vous recueillez le fruit des bons exemples que
vous leur avez donné !

Le cri unanime de l'Affemblée vous a peint
fes fentiments : vive le Régiment du Cap, vive
leurs Officiers, vive M. de Cambefort.

L'offre de cet acte de patriotifme, préfenté en
ce moment, eft le témoignage tacit, mais avoué
de la joie & de la fatisfaction que le Régiment a
de voir rappeller à leurs fonctions des Magiftrats
chers à cette Province, & rétablir enfin fa Cour
fupérieure.

On a mis enfuite en délibération fi, avant
d'aller à la Meffe, on procéderoit à la réinftal-
lation du Confeil,

Le vœu de tous les Citoyens fut lû dans les yeux de ceux qui entouroient l'Assemblée. Sans le secours de la parole, il est une manière si claire de s'entendre, quand un même sentiment nous anime : il fut arrêté qu'on ne la différeroit pas un moment. En conséquence, l'Assemblée a nommé quatre Commissaires, pour, conjointement avec son Président, procéder à cette auguste & majestueuse cérémonie. S'étant de suite transportés dans la salle d'audience du Conseil, M. Bacon de la Chevalerie, les quatre Commissaires de l'Assemblée se sont placés, & ont fait placer le Conseil dans les hauts sièges, dans l'ordre qui suit :

M. Bacon de la Chevalerie occupoit le fauteuil du Roi, ayant à sa droite M. de Saint-Martin, & à sa gauche M. Ruotte : venoient ensuite, alternativement à droite & à gauche, MM. Lombart, Bocquet de Frévent, Larchevesque-Thibaud, Mazade de Percin, Carteau, Querret Durivage, conseillers, & MM. les Commissaires susdits de l'Assemblée Provinciale du Nord.

Sur les sièges inférieurs étoient M. d'Augy, à la place destinée au Procureur-général, & à sa gauche, MM. le Fessier de Granprey & Moreau de Lislet, à la place destinée à MM. les Substituts du Procureur-général.

Plus bas M. Landais, à la place destinée au Greffier en chef.

Et auprès de la barre, du côté gauche, étoit M. Blanchard, à la place qu'occupe l'Huissier audiencier de la Cour.

M. le baron de Cambefort & autres Chefs des Corps Militaires se sont placés sur les hauts

fiéges ; MM. les Officiers de la Sénéchauffée &
de l'Amirauté du Cap, ont pris fur les fiéges
inférieurs, la droite des Gens du Roi ; la gauche
étoit occupée par MM. du Clergé du Cap, MM. de
l'Hôptal Militaire des Religieux de la Charité,
& par MM. les Adminiftrateurs de l'Hôpital de
la Providence du Cap ; le furplus du local étoit
rempli d'une foule innombrable de tous les ordres
des Citoyens de cette Dépendance.

Lorfque tout le monde fut ainfi placé, M. Bacon
de la Chevalerie, préfident de l'Affemblée Provinciale du Nord, s'eft levé, & a prononcé le
Difcours fuivant :

*DISCOURS de M. le Préfident de l'Affemblée
Provinciale, à la rentrée du Confeil du
Cap, le 11 janvier 1790.*

AU NOM DE LA NATION, DU ROI, DE
LA LOI,

*Et de l'ASSEMBLÉE PROVINCIALE de la partie du
Nord de Saint-Domingue.*

MESSIEURS,

« LORSQU'UNE Province entière a placé fa
confiance dans une portion de la Société qui la
compofe, lorfqu'elle a conféré aux Citoyens
dont elle a fait choix, des pouvoirs affez étendus
pour opérer l'œuvre importante de fa régénération & de fa tranquilité, elle a dû s'attendre que

les plus grands efforts, que des efforts furnaturels juftifieroient une preuve d'eftime auffi éclatante.

Lui rendre fes Juges légitimes, des Magiftrats intègres, qui, par une longue fuite de travaux dans les différents Siéges de fa Dépendance, ont mérité fon refpect, fa reconnoiffance & fes vœux : voilà fans doute l'un des principaux devoirs que nous avions à remplir.

Si par-tout on rencontroit des hommes également juftes, nous euffions éprouvé moins d'obftacles, & la Province du Nord de St-Domingue eût été plutôt fatisfaite : c'étoit un des motifs les plus effentiels de la légation envoyée au Port-au-Prince ; elle n'a pas obtenu à cet égard tout le fuccès que nous efpérions : mais elle a du moins rapporté des lumières qui ont infiniment applani les difficultés que nous avions à combattre, & les circonftances, la furveillance & le courage ont fait le refte.

Rentrez, dignes Magiftrats, dans le fein de vos Frères, occupez une enceinte dont on n'eût jamais dû vous arracher, travaillez fans relâche à protéger les foyers de vos Concitoyens, jouiffez avec délices de l'accueil glorieux que vous en recevez, que l'étendue de leurs tranfports foit la mefure de vos devoirs ; les nôtres font couronnés en ce jour par la fatisfaction publique, prix flatteur des pénibles travaux auxquels nous nous fommes livrés pour remplir fes vues, & l'Affemblée Provinciale trouvera fa plus douce récompenfe dans la juftice de vos Arrêts.

Ceux qui connoiffent ce brave & refpectable Militaire, favent combien fa preftance, fon organe, donnent de dignité & d'expreffion à fes difcours... Mais ceux qui ont eu le bonheur de vivre dans quelque familiarité avec lui, ceux qui l'ont mieux connu depuis qu'il préfide l'Affemblée, favent que fon cœur gouverne fon efprit, & que l'énergie de fon ame eft toute entière dans fes difcours, que le feu du plus pur patriotifme l'anime, & que les grâces qu'il a dans le débit, ne font pas l'effet du charlatanifme de la gefticulation. Perfuadé lui-même, il entraîne, la douce perfuafion découle de fes lèvres ».

Le Difcours de M. de la Chevalerie fini, MM. de Saint-Martin & Ruotte, anciens confeillers en la Cour, rendus à leurs fonctions, ont prêté ferment de fidélité à la Nation, au Roi, à la Loi, & à l'Affemblée Provinciale du Nord, entre les mains de M. le Préfident & de MM. les Commiffaires de ladite Affemblée, & ont reçu de MM. Lombard, Bocquet de Frévent, Larchevefque-Thibaud, Mazade de Percin, Carteau & Querret Durivage, le ferment qu'ils ont prêté, la main levée, en ces termes : *Nous jurons & promettons d'être fidèles à la Nation, au Roi, à la Loi, & à l'Affemblée Provinciale du Nord.* MM. d'Augy, le Feffier de Granprey & Moreau de Liflet fe font levés, & ont prêté le même ferment, la main levée, devant la Cour. MM. Landais & Blanchard ont fucceffivement prêté le même ferment.

M. d'Augy, procureur-général, portant la parole, a fait plufieurs Réquifitoires fur lefquels la Cour a ftatué.

M. le Préfident de l'Affemblée Provinciale, ayant fait dire que la tête de la marche pouvoit s'ébranler ; au fignal donné, la mufique du Régiment du Cap se fit entendre, & partit, précédée de deux Sapeurs dudit Régiment, la hache levée. Au milieu de deux haies de Commissaires de la rade, de Volontaires & Dragons Patriotes, le sabre à la main, la marche a commencé. Le Clergé, qui étoit venu chercher processionnellement l'Assemblée, ayant la Croix & la Banière, ouvroit la marche.

Le Maréchal général des Logis, avec ses quatre Aides Maréchaux & Aides de Camp, se mit à la tête de MM. du Conseil, suivis de MM. les Officiers de la Sénéchauffée & Amirauté, du Corps de MM. les Procureurs, Notaires, Huis-siers, &c.

MM. les Pères de la Charité, MM. les Admi-nistrateurs de la Providence, MM. de la Société royale des Sciences, MM. de la Chambre d'A-griculture & de Commerce, formoient un grouppe qui lui servoit de cortége.

Venoient ensuite MM. les Officiers de l'État-Major du Cap, MM. les Officiers du Génie, MM. les Officiers du Corps-royal d'Artillerie, du Régiment du Cap, du Corps de la Marine, MM. les Officiers de l'Administration, du Port & de la Marine marchande,

Les Commissaires de la rade, les Volontaires marchants sur deux lignes, toujours le sabre à la main, commençoient le cortége proprement dit de l'Assemblée, & qui étoit composé de MM. les Officiers des Milices Patriotiques, la plus brillante jeunesse de cette Province; ils marchoient immédiatement avant l'Assemblée : M. le Président & les deux Secrétaires fermoient la marche.

M. le Préfident, en qualité de Commandant général des Milices Patriotiques, avoit auprès de lui un Aide Maréchal de Logis, & tous fes Aides de Camp. Un détachement de Dragons formoit un peloton a rangs ferrés, qui empêchoit que l'affluence des gens avides d'affifter à cette cérémonie, ne troublât la marche. Les flancs étoient garantis par un détachement de cinquante Grenadiers & Chaffeurs du Régiment du Cap, qui, fe repliant à mefure que la marche avançoit, formèrent deux pelotons à la porte de l'Eglife. Quand l'Affemblée y fut arrivée, M. le Préfet a offert l'eau bénite à M. le Préfident du Confeil, & a attendu que M. le Préfident de l'Affemblée fût arrivé pour la lui préfenter. Au milieu d'une double haie de Grenadiers Patriotes, chaque Corps s'eft rendu au chœur pour y occuper la place qui lui étoit deftinée; favoir, MM. de l'Etat Major de la Ville, MM. les Officiers de différents Corps Militaires & d'Adminiftration, du côté de l'évangile, celui de l'épître étoit deftiné pour l'Affemblée, le Confeil & fon cortége.

Le François, avide de gloire, vole par-tout où elle l'appelle. Dans les dangers, dans les confeils, il ne voit que le but auquel il veut atteindre; mais pour prix de fes efforts, il veut un regard de la beauté. Les Dames de la ville avoient defiré voir cette cérémonie augufte; elles étoient affifes fur deux lignes dans la nef, & tout le cortége en paffant, a pu recueillir ce regard flatteur.

MM. du Confeil ont été invités à ne pas occuper ce jour-là le banc qui leur eft deftiné; l'Af-

semblée desiroit l'avoir auprès d'elle , & les res-
pectables Magistrats ont cru devoir cette défé-
rence à ses restaurateurs. M. le Président étoit un
peu en avant de l'Assemblée , sur un fauteuil qui
lui avoit été destiné , ayant devant lui un prie-
Dieu couvert d'un tapis de velours cramoisi.

Aussitôt qu'il fut placé , une musique, com-
posée des meilleurs Amateurs , & MM. de la
Comédie , jouèrent l'ouverture de la Bataille
d'Ivry.... Chacun veut s'empresser de concourir
à la satisfaction publique ; ces Messieurs ont fait
hommage de leurs talents.

Après le *Veni Creator* , la musique, alternativement avec les orgues , s'est fait entendre pendant toute la Messe : à l'élévation , ce moment
où le Peuple offre ses vœux avec le Ministre de
l'Autel , une musique douce & portant à l'ame ,
a rendu ce trio : *Doux espoir*. Qu'il y a de finesse
dans ce choix ; il a été inspiré , car cet objet de
nos vœux , nous ne le desirons que pour le bonheur de notre Patrie.

Quand notre ame est pénétrée d'un sentiment profond de vertu , toutes les sensations
s'y développent successivement. Au milieu de
l'impression du respect qu'inspiroit une si auguste cérémonie , le souvenir des malheureux
est venu frapper nos cœurs , comme les idées
les plus universellement senties , appartien-
nent toujours à celui qui les exprime le premier , nous devons hommage à M. Bonami de
celle qu'il a eu de proposer une quête pour les
Pauvres. Avec quel empressement elle a été saisie !
M. le comte de Beaunay , officier de la Marine ,
& M. de Russy , aide maréchal général des

logis, ont obtenu l'agrément d'aller offrir la main à madame la baronne de Cambefort, & à madame Buffon pour quêter. . . . : le même sentiment parloit à ces Dames ; elles ont acceptées, & une quête abondante a été le fruit de leur peine.

La Meffe finie, l'on a repris la marche dans le même ordre ; & le Clergé, ayant defiré de complimenter le Confeil, s'eft joint aux autres Corps.

En arrivant au Gouvernement, les deux Sapeurs qui étoient à la grille du Chœur, fe trouvèrent à la tête des deux pelottons de Grenadiers du Régiment du Cap, qui avoient bordé la haie pendant la marche.

Arrivés en la Salle, le Confeil y féant, M. le Préfident de l'Affemblée Provinciale a été invité de s'affeoir parmi Meffieurs, & M. le Procureur-général a lu le Difcours fuivant :

DISCOURS de M. le Procureur-général à la rentrée du Confeil.

« LE ravifant fpectacle, MESSIEURS, que celui de la réunion de tous les ordres de Citoyens dans ce Temple de la Juftice, dont la réédification eft votre ouvrage !

C'eft fur-tout le vôtre, généreux Membres de l'Affemblée provinciale du Nord. La Cour fupérieure de cette dépendance jouit déformais du double avantage d'être rappelée aux fonctions de l'adminiftration de la Juftice, les feules dont elle doivent s'honorer ; & de ne compter, pour la plupart de ſes Membres, que ceux que vous avez choiſis.

Ainſi, d'un côté, plus de prétexte à ces ſcandaleuſes & interminables querelles des Conſeils avec les Adminiſtrateurs, où ſe manifeſtoient à la fois tous les vices ſur leſquels ſe fonde le deſpotiſme : l'orgueil, la baſſeſſe, l'avidité, la perfidie.

D'un autre côté, Meſſieurs, vous ne verrez plus dans ce Tribunal d'autres Magiſtrats que ceux que vous aurez jugés dignes d'y prendre place. La terrible fonction de prononcer ſur la fortune, ſur l'honneur, ſur la vie des Citoyens, ne ſera plus le partage des plus baſſes & des plus miſérables intrigues ; elle ne ſera plus l'opprobre des Juges & l'effroi ou le mépris des juſticiables.

Car, Meſſieurs, ceux mêmes que vous n'avez pas nommés, ceux que vous n'avez fait que rappeler à leurs fonctions, ces deux anciens Magiſtrats que vous voyez à la tête du Conſeil, n'en ſont pas moins votre ouvrage ; puiſque c'eſt par votre ordre qu'ils reprennent leurs travaux. Ils ont de plus que les autres le mérite d'avoir été victimes du deſpotiſme, l'un, quand il a été forcé de donner ſa démiſſion ſur ſon refus de vous abandonner, l'autre, quand il a été exilé pour avoir ſoutenu courageuſement les droits de cette Province.

Animés, auſſi bien que contenus ſans ceſſe par vos regards, les Magiſtrats n'ont & n'auront tous déſormais rien de plus à cœur que de juſtifier votre choix, & de conſerver votre eſtime par le plus abſolu dévouement aux travaux que vous leur confiés. Ils imiteront votre courage dans une carrière, où, après tout, il ne faut que de l'étude, de l'application & de la constance pour bien servir son pays.

Messieurs du Conseil.

Que le premier monument consigné dans vos Archives, soit l'éloge des honorables Membres de l'Assemblée Provinciale du Nord, à qui nous sommes redevables de notre régénération : vous me prévenez, Messieurs, en portant vos regards sur celui dont le nom est désormais immortalisé dans cette Dépendance, sur celui dont la sagesse & la fermeté font & feront toujours un des principaux soutiens de cette Assemblée tutélaire ; & chacun a dans le cœur & sur les lèvres : *Vive M. Bacon de la Chevalerie.*

Ne nous séparons point, Messieurs, sans avoir assuré de notre reconnoissance & de notre inviolable attachement le vertueux Commandant de cette Province, ainsi que MM. les Chefs des Corps militaires qui se mêlent avec nous pour nous animer tous du feu sacré du patriotisme.

Rendons des grâces à ce Magistrat (1) qui, dans des temps plus difficiles, a osé se montrer Citoyen & présider l'Assemblée Provinciale.

Arrêtons aussi nos regards sur son Prédécesseur à la Sénéchaussée du Cap (2), dont les mœurs si douces & les travaux si bien soutenus, méritent nos hommages & doivent nous servir de modèle.

----

(1) M. Buffon.
(2) M. Esteve.

obtenu fans peine. Quand on peut confondre les projets des méchants, il eft beau de pardonner, & l'Affemblée a cru de fa dignité de faire grâce.

Enfuite MM. les Officiers du Régiment du Cap, ayant à leur tête MM. de Cambefort & de Touzard, colonel & lieutenant-colonel, fe font préfentés à l'Affemblée pour lui offrir leurs hommages & le témoignage de leur zèle patriotique & de leur entier dévouement aux intérêts de la Province; M. le Préfident les a remercié au nom de l'Affemblée, & leur a déclaré que la Province du Nord, dont il étoit l'organe, n'avoit jamais douté un inftant du zèle & du patriotifme dont fes braves Défenfeurs font animés; qu'elle en avoit une preuve bien fenfible dans le Don patriotique qui venoit d'être réalifé de la part des Bas-Officiers & Soldats du Régiment; & qu'uniquement occupé du bien général, elle avoit cru de fa fageffe d'imiter l'exemple de la France, & d'augmenter d'un fixième en fus le traitement des Officiers, & la paye des Soldats des Troupes réglées employées dans la Province du Nord : MM. les Officiers du Régiment fe font retirés au milieu des applaudiffemens de l'Affemblée, & ont été accompagnés par des Commiffaires qui les avoient introduits.

MM. les Officiers du Corps-royal d'Artillerie, ayant à leur tête M. de Pomeirols, leur colonel, & MM. les Officiers du Génie, fe font fucceffivement préfentés pour offrir pareillement à l'Affemblée leurs hommages & les affurances du plus parfait dévouement, & M. le Préfident leur ayant adreffé les remercîments de l'Affemblée,

& leur ayant témoigné les fentiments d'eftime
& de confiance dont elle eft animée pour eux,
ils fe font retirés au milieu des applaudiffe-
ments, accompagnés par les Commiffaires qui
les avoient introduits.

MM. les Procureurs font venus en Corps
remercier l'Affemblée de la réïnftallation du
Confeil, qu'ils regardent comme une faveur.

Tandis que dans d'autres lieux les événements
les plus fâcheux fe fuccèdent, ici nous goûtons
le repos : & quand un jour finit, nous nous li-
vrons tranquillement au fommeil, certains que le
jour qui va lui fuccéder fera au moins auffi ferein,
& certainement marqué par quelques circonftances flatteufes pour le cœur des vrais Patriotes.

www.ingramcontent.com/pod-product-compliance
Lightning Source LLC
LaVergne TN
LVHW010108060726
842524LV00006B/2384